Nick Tosches

La première cigarette de Johnny
Johnny's First Cigarette

Traduit de l'anglais (États-Unis) par | *Translated by*
Héloïse Esquié

Mis en image par | *Illustrated by*
Lise-Marie Moyen

vagabonde

Ouvrage publié avec le concours
de la Région Midi-Pyrénées

Lise-Marie Moyen remercie vagabonde
et Nick Tosches pour lui avoir donné
l'opportunité d'illustrer son premier livre,
ainsi que sa famille et Rémi Braun.

La première cigarette de Johnny

Johnny's First Cigarette

Johnny vivait dans une petite maison. Une maison en briques, de la couleur des roses. Lorsqu'il pleuvait, les briques changeaient de couleur. Elles viraient au rouge sombre. Mais au soleil comme sous la pluie, elles étaient toujours de la couleur des roses.

La petite maison rose se trouvait dans la grande ville. Mais elle était située dans une petite allée bordée d'arbres. Et parfois, en rentrant chez lui, Johnny avait l'impression qu'en passant l'angle de sa rue, il quittait la grande ville pour regagner une petite ville magique et pleine de mystères.

*J*ohnny lived in a little house. The house was made of bricks that were pink as roses. When it rained, the bricks were a different color. They were dark red instead of pink. But, in the sunshine or in the rain, they were always the color of roses.

The little rose-colored house was in the big city. But it was on a small street with many trees. Sometimes, when Johnny turned the corner to the street where he lived, he felt that he was leaving the big city and coming home to a small secret magical town.

Johnny aimait son grand-père. Il vivait dans cette petite maison aux couleurs des roses depuis qu'il était petit garçon.

Et Johnny aimait son père. Lui aussi vivait dans la petite maison depuis qu'il était petit.

Mais par-dessus tout, Johnny aimait sa mère. Il adorait quand elle venait le chercher à l'école et qu'ils rentraient tous les deux à pied. Ces moments, Johnny les chérissait surtout en automne, lorsque les feuilles des arbres changeaient de couleur.

Johnny loved his grandfather. His grandfather had lived in the little rose-colored house ever since he was a little boy.

And Johnny loved his father. His father also had lived in the little rose-colored house ever since he was a little boy.

But Johnny loved his mother most of all. Johnny loved it when his mother met him after school and walked him home. Johnny loved it most in the autumn, when the leaves of the trees turned colors.

Chaque jour, à mesure que les arbres se dénudaient, les pas de Johnny et de sa mère se faisaient plus silencieux sur le tapis bariolé des feuilles mortes. Le chemin du retour jusqu'à la petite ville magique semblait encore plus féerique.

Par une de ces journées féeriques d'automne, comme la mère de Johnny le raccompagnait à la maison, il repéra un garçon plus âgé assis sur le perron d'un immeuble. Le garçon fumait une cigarette.

Every day, as the leaves fell more and more, the footsteps of Johnny and his mother grew more quiet on the bright-colored carpet of the fallen leaves. It made coming home to the small secret town even more magical.

On one of those magical autumn days when Johnny's mother was walking him home, Johnny saw an older boy sitting on the step of a building. The older boy was smoking a cigarette.

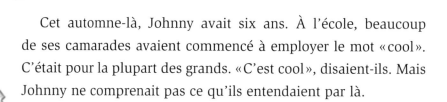

Cet automne-là, Johnny avait six ans. À l'école, beaucoup de ses camarades avaient commencé à employer le mot «cool». C'était pour la plupart des grands. «C'est cool», disaient-ils. Mais Johnny ne comprenait pas ce qu'ils entendaient par là.

Cependant, lorsqu'il vit le garçon qui fumait sa cigarette, il comprit tout à coup. Le garçon qui fumait la cigarette avait l'air cool.

Et Johnny voulut être cool, lui aussi.

Johnny was six years old that autumn. At school, a lot of the kids had begun to use the word "cool." Many of them were in higher grades than Johnny. "That's cool," they would say. Johnny did not know what they meant.

Now, when he saw the boy smoking the cigarette, he knew what they meant. The boy smoking the cigarette looked cool.

And Johnny wanted to be cool, too.

Comme toujours, Johnny donnait la main à sa mère. Mais, soudain, il n'eut plus qu'une envie : se dégager. Donner la main à sa mère, cela ne faisait pas cool.

« Regarde, maman, dit-il, désignant le garçon plus âgé. Il fume.

— Eh bien, il ne devrait pas. Ce n'est pas bien de fumer.

— Pourquoi ce n'est pas bien ?

— C'est comme ça. Ce n'est pas bon pour la santé.

— Mais Grand-père fume, lui.

— Eh bien, il ne devrait pas.

— Je veux fumer. C'est cool.

— Oui, eh bien, c'est hors de question.

— Quand est-ce que je pourrai fumer ? »

As always, Johnny walked with his hand in his mother's hand. Now, all of a sudden, Johnny wanted to free his hand from his mother's hand. It did not seem cool to have your hand held by your mother.

"Look, mommy," he said, pointing to the older boy. "That kid's smoking."
"Well, he shouldn't be smoking. It's bad to smoke."
"Why is it bad?"

"It just is. It's not good for you."
"Grandpa smokes."
"Well, he shouldn't."

"I want to smoke. It's cool."
"Well, you can't."
"When can I smoke?"

La mère de Johnny ne voulait plus en entendre parler. Comme le font souvent les mères, elle dit la première chose qui lui passa par la tête afin de mettre un point final à cette discussion idiote.

«Il est bien plus âgé que toi, ce garçon, dit-elle. Quand tu auras son âge, tu pourras fumer.»

Johnny retira sa main de la main de sa mère, comme il voulait le faire depuis un petit moment déjà. Il courut vers le garçon qui fumait.

«Hé, toi, dit-il. T'as quel âge?
— Douze ans.»

Johnny alla retrouver sa mère et ils s'engouffrèrent dans leur petite rue secrète. La pluie commençait à tomber très doucement. Le tapis de feuilles bariolées scintillait sous les gouttes, c'était encore plus beau que d'habitude. Le rose pâle des briques virait au rose sombre.

Johnny's mother did not want Johnny to talk about this anymore. As mothers often do, she said something that she thought would put an end to the whole silly matter.

She said, "That boy is much older than you. When you're his age, you can smoke."

Johnny took his hand from his mother's hand, as he wanted to do. He ran to the boy who was smoking.

"Hey, kid," he said. "How old are you?"
"Twelve," said the boy.

Johnny ran back to his mother. They turned the corner to the small secret magical street. It was starting to rain very softly. The carpet of bright leaves was even more beautiful as the raindrops fell. The rosy pink bricks were turning rosy-red.

Grand-père était assis à la fenêtre. C'était très tôt le matin, et dehors il neigeait. En voyant le regard de Grand-père posé sur la neige, Johnny se crut à l'église.

Il avait dix ans maintenant. D'année en année, le monde lui paraissait toujours plus féerique. Et maintenant, il n'avait plus peur de Dieu. La magie angoissante qu'il ressentait dans l'église avait disparu. On le forçait toujours à aller à l'église. Mais désormais il se contentait de rêver en contemplant la lumière qui filtrait à travers les vitraux colorés.

Comme Grand-père aujourd'hui, qui regardait par la fenêtre.

Grandpa sat by the window. It was early in the morning. It was snowing outside. The way Grandpa looked at the snow made Johnny think of church.

He was ten years old now. Every year the world was more and more magical. But God did not scare him anymore. There was no more scary magic in church. They still made him go to church. But now he just looked at the light through the colored glass of the big church windows.

That is what Grandpa looked like he was doing.

«Grand-père, dit-il.

— Oui, mon garçon.

— Est-ce qu'il fume, Dieu ?»

Grand-père sourit. «C'est une bonne question», dit-il.

Johnny était content d'avoir posé une bonne question. Le sourire de Grand-père lui faisait plaisir, aussi. Ils étaient de vrais copains.

«Je ne sais pas, dit Grand-père. Personne ne le sait.»

Quand il était petit, Johnny n'aimait pas que ses questions restent sans réponses. Mais maintenant ce n'était plus le cas. Les questions restant sans réponses contribuaient à rendre le monde plus magique encore.

Peut-être un jour connaîtrait-il les réponses que personne ne connaissait.

"Grandpa," he said.

"Yes, my buddy."

"Does God smoke?"

Grandpa smiled. "That's a good question," he said.

Johnny was happy that he had asked a good question. Grandpa's smile made him feel good, too. They really were buddies.

"I don't know," Grandpa said. "Nobody knows."

When he was little, Johnny did not like it when there were no answers to his questions. Now he liked questions that had no answers. They were part of what made everything magical.

Maybe someday he would know the answers that nobody knew.

«Grand-père, dit-il.

— Oui, mon garçon.

— Qu'est-ce qui te fait sourire?

— Tout», dit Grand-père. Puis son sourire s'élargit.
Il laissa même échapper un petit rire.

Puis il regarda de nouveau par la fenêtre comme s'il était à
l'église. Il souriait toujours mais sa voix se fit plus douce.

«Tout, mon garçon, dit-il. Tout.»

Ils regardèrent ensemble la neige tomber en silence.

Oui, pensa Johnny: tout.

"Grandpa," he said.

"Yes, my buddy."

"What are you smiling about?"

"Everything," Grandpa said. Then he smiled some more.
He even laughed a little.

Then he looked again through the window like he was
in church. He was still smiling but his voice was softer.

"Everything, my buddy," he said. "Everything."

Together they watched the snow fall silently.

Yes, thought Johnny: everything.

Une nuit, alors que Johnny était au lit, il entendit sa mère et son père qui discutaient dans la cuisine.

Ils faisaient des messes basses, comme Johnny et ses copains. Ils parlaient toujours comme cela lorsqu'ils ne voulaient pas que Johnny les entende. Mais Johnny les entendait toujours. Ils n'étaient pas aussi doués que lui et ses copains.

Johnny entendit les pas de son père. Il ferma les yeux pour faire croire qu'il dormait.

«Il dort», dit son père.

Puis Johnny entendit encore mieux ce que son père et sa mère disaient.

«Il faut vraiment que tu parles à Grand-père, disait sa mère. Maintenant il apprend à Johnny à jouer aux dés. Qu'est-ce que ça sera la prochaine fois?

— C'est une bonne chose que lui et Johnny passent du temps ensemble. C'est une bonne chose qu'ils soient proches. C'est ça, la famille.

— C'est un petit garçon. Je n'aime pas le voir jouer aux dés.»

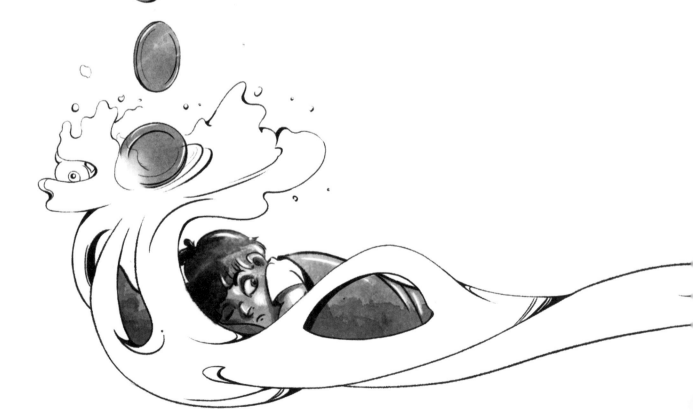

One night, when Johnny was in bed, he heard his mother and father talking in the kitchen.

They were talking in hushed voices, the way that Johnny and his friends talked when they were hiding from somebody. They always talked like this when they did not want Johnny to hear them. But Johnny always heard them. They were not as good at it as Johnny and his friends.

Johnny could hear his father's footsteps. Johnny closed his eyes to make believe that he was sleeping.

"He's asleep," his father said.

Then Johnny could hear his mother and father even better.

"You really must talk to Grandpa," his mother was saying. "Now he's teaching Johnny to play dice. What will be next?"

"It's good that Johnny and the old man spend time together. It's good that they're close. That's what family is all about."

"He's a little boy. I don't like to see him playing with dice."

Johnny aimait jouer aux dés avec Grand-père. Il ne voyait pas pourquoi sa mère en faisait tout un plat. Ça devait être cool de jouer aux dés si sa mère y était si fermement opposée.

Son père ajouta : « Moi, quand j'avais son âge, je jouais pour quelques sous. Je ne suis pas devenu un flambeur pour autant. Quand j'avais la moitié de son âge, j'avais un pistolet en plastique. Ça n'a pas fait de moi un assassin. »

Sa mère gardait le silence. Son père poursuivit : « Johnny est un bon garçon. Il aime jouer au foot. Il a de bonnes notes. Il lit. Il ne passe pas tout son temps à regarder la télévision et à jouer aux jeux vidéo. Comparés à ces trucs, les dés, c'est un amusement sain et innocent. Il a presque douze ans. C'est juste que tu ne veux pas le voir grandir. Pour toi, il sera toujours ton petit bébé. »

Son père parlait d'une voix douce. Puis ils se turent. Johnny sut qu'ils se serreraient dans les bras l'un de l'autre. Il ferma les yeux pour de bon et sourit.

Johnny liked playing dice with Grandpa. He did not know why his mother was making a big deal of it. Dice must be really cool if his mother did not like them.

He heard his father say: "I played games for pennies when I was his age. I didn't grow up to be a gambler. When I was half his age, I had a toy gun. I didn't grow up to be a killer."

His mother was silent. His father said, "Johnny's a good boy. He likes to play ball. He does well at school. He reads. He doesn't spend all his time watching television and playing video games. Dice are good clean fun compared to those things. He's almost twelve years old. You just don't want to see him grow up. To you, he'll always be your little baby boy."

His father's voice was gentle. Then they were quiet. Johnny knew that they were hugging each other. He closed his eyes for real and he smiled.

Parfois, Johnny se demandait si les gens ne devenaient pas plus bêtes en grandissant.

Les adultes pensaient qu'on ne pouvait pas les entendre alors qu'il suffisait de tendre un peu l'oreille. Il suffisait de fermer les yeux pour qu'ils vous croient endormis. Ils se chicanaient pour des broutilles. Et ils finissaient toujours par se rabibocher.

Les disputes des parents de son copain Joey étaient plus rigolotes — avec des yeux au beurre noir et tout. Même Joey finissait parfois avec un cocard. Et Joey aussi trouvait ses parents bêtes, même s'ils avaient de vraies disputes, pas des disputes de mauviettes comme celles des parents de Johnny.

Johnny espérait bien qu'il ne deviendrait pas bête, une fois grand. Et au fond, il savait qu'il avait de la chance d'avoir sa mère et son père. Et qu'ils n'étaient pas aussi bêtes que bien des mères et des pères qu'il connaissait.

C'était Grand-père le plus adulte de tous, or lui n'était pas bête du tout. Peut-être qu'on ne devenait bête que si on était mère, ou père. Cela dit, Grand-père aussi était père.

Sometimes Johnny wondered if people became more stupid after they were all grown up.

They thought you couldn't hear them when you clearly could. All you had to do was close your eyes and they believed you were asleep. They had silly little fights about silly little things. And these fights always ended with them being happy.

His friend Joey's mother and father had better fights, with black eyes and everything. Sometimes even Joey ended up with a shiner. Joey said they were stupid too, even if they had real fights, not just sissy fights like Johnny's mom and dad.

Johnny hoped that he would not get stupid when he was all grown up. He knew that he was lucky to have his mother and father. They were not as stupid as many other mothers and fathers that he knew.

Grandpa was more grown-up than everybody, and he was not stupid at all. Maybe you only got stupid if you became a mother or father. But Grandpa was a father.

C'était trop dur à comprendre. Un peu comme les changements qui s'opéraient dans sa vie ces derniers temps. Les filles devenaient étranges à ses yeux. Et lui devenait étrange pour elles. Parfois, il éprouvait près d'elles la même sensation que sur les manèges à la fête foraine — les manèges vraiment cool: ceux qui vous coupent le souffle et vous flanquent une frousse du tonnerre, ceux qui vous font vous sentir vraiment libre, et tellement bien, tout en même temps.

Une fois, en jouant aux dés, Grand-père lui avait dit:
«La vie est un coup de dés.»

Selon lui, c'était les paroles d'un poète qui avait vécu il y a bien, bien longtemps, des paroles qui avaient toujours été pleines de vérité. Johnny ne comprenait pas tout à fait ce que ça voulait dire, alors Grand-père lui avait expliqué.

«La vie, c'est comme un tour de montagnes russes», disait-il l'autre jour encore.

Ça, Johnny pouvait le comprendre. Il y repensa ce soir-là, le sourire aux lèvres, sombrant dans le sommeil. Il espérait que le tour ne finirait jamais.

It was too hard to figure out. It was like the changes that were going on in his life lately. Girls were becoming different to him. And he was becoming different to them. Sometimes, there were feelings like the feelings you got on amusement-park rides—on the really cool rides: the ones that took away your breath and made you feel so scared and so free and so really good all at once.

Once, when they were playing dice, Grandpa had told him: "Life is a throw of the dice."

Grandpa said that these were the words of a poet from long, long ago, and that they have always been true. Johnny did not really understand what the words meant, but Grandpa explained them.

Just the other day, Grandpa said, "Life is a wild ride."

These were words that Johnny understood. He thought of them now, smiling as he drifted off to sleep. He hoped the ride would never end.

Lorsqu'il pleuvait, Johnny aimait regarder les images de ses livres sur la nature. Il avait un livre sur les oiseaux. Il avait un livre sur les arbres. Il avait un livre sur les papillons et les insectes. Il avait un livre sur les serpents.

Ses livres sur la nature étaient tous de la même taille, et les images avaient l'air d'être toutes du même illustrateur. C'étaient de petites aquarelles. Quand on les regardait, elles semblaient prendre vie. Elles vous emmenaient dans un autre monde et vous faisaient voir les choses différemment.

Johnny avait déjà vu des photographies de tous ces oiseaux, de tous ces arbres, de tous ces papillons. Les photos vous montrent la réalité dans les moindres détails, mais elles ne vous emmènent pas dans cet autre monde, le monde des jours pluvieux. Les aquarelles, c'était bien mieux.

Il regardait ces images depuis qu'il était tout petit. Lorsqu'il jouait ou se promenait dehors, il essayait de retrouver les différents arbres qui figuraient dans le petit livre. Il avait trouvé des érables. Il avait trouvé des chênes. Il avait trouvé des saules. Mais dans le livre, il y avait beaucoup, beaucoup d'arbres qu'il n'avait encore jamais vus.

C'était la même chose avec les oiseaux, les papillons et les insectes. Il y avait toutes sortes d'oiseaux et de papillons multicolores dans les livres. Il y avait toutes sortes de gros insectes repoussants. Mais tout ce que Johnny voyait autour de lui, c'étaient des moineaux et des pigeons, et une fois de temps en temps, un simple papillon blanc, des cafards, des fourmis.

Il savait qu'il ne verrait jamais de serpent en ville. Il se contentait d'apprécier les images. Mais les arbres, les oiseaux et les papillons, c'était différent.

Où étaient-ils donc ?

When it rained, Johnny liked to look at the pictures in his nature books. He had a book about birds. He had a book about trees. He had a book about butterflies and bugs. He had a book about snakes.

The nature books were all the same size, and the pictures in them looked like they were all by the same artist. They were little watercolor paintings. When you looked at them, they seemed to come to life. They brought you into a special world, a special way of seeing.

Johnny had seen photographs of all these birds and trees and things. They showed you the real things in perfect detail, but they did not bring you to that special rainy-day world. The watercolor pictures were better.

Johnny had been looking at these pictures since he was a little kid. When he was out playing or walking around, he tried to find the different trees that were in the little nature book. He found maple trees. He found oak trees. He found willow trees. But there were many, many other trees in the book, and he never found any of them.

It was the same with the birds and the butterflies and the bugs. There were all sorts of colorful birds and butterflies in the books. There were all sorts of big creepy bugs. But all Johnny ever saw around him were sparrows and pigeons, and once in a while a plain white butterfly, and cockroaches and ants.

He knew that he would never see any snakes in the city. He just liked the pictures. But the trees and birds and butterflies were different.

Where were they?

Puis, un jour, il le vit, juste devant lui sur le trottoir : un oiseau d'un bleu vif incroyable !

Il le connaissait bien grâce à l'image de son livre. Johnny s'immobilisa et ne fit pas un bruit. L'oiseau le regarda, puis s'envola. Johnny le vit disparaître dans le ciel.

Il courut à la maison et ouvrit son livre à la page où figurait le geai bleu. Puis il courut trouver sa mère pour lui montrer l'image.

« J'en ai vu un ! »

Sa mère était contente pour lui. Il parla de cet oiseau à tout le monde. Certains s'en fichaient. Certains le regardaient comme s'il avait perdu la tête. Mais la plupart étaient contents pour lui.

Johnny n'oublia jamais cet oiseau. Cet oiseau lui avait appris quelque chose de très important : Les choses belles et prodigieuses viennent à nous si nous sommes capables de voir en elles la beauté et le prodige.

Certaines sensations sont difficiles à exprimer avec des mots. La sensation éprouvée sur les montagnes russes, par exemple. Et aussi ce que l'oiseau venait de lui faire comprendre.

Then, one day, he saw it, right there on the sidewalk before him: a bird so bright and blue!

He knew it well from the picture in the book. Johnny stopped still and made no sound. The bird looked at him, then flew away. Johnny watched as it disappeared into the sky.

He ran home and opened his nature book to the picture of the blue jay. Then he ran to his mother, showing her the picture.

"I saw one!"

His mother was very happy for him. He told everybody about that bird. Some of them did not care. Some of them looked at him like he was crazy. But most of them were also happy for him.

Johnny never forgot that bird. The bird taught him something very special: Beautiful and wonderful things come to us if we see beauty and wonder in them.

There were feelings that were hard to say in words. That feeling of the wild ride was one of them. What the bird taught him was another.

Bien sûr, la mère de Johnny avait complètement oublié le jour où ils avaient vu le grand garçon qui fumait. C'était il y a très longtemps, et les grandes personnes n'on pas très bonne mémoire.

Mais Johnny se souvenait. Il n'avait que six ans à l'époque. Il se souvenait du tapis de feuilles bariolées. Il se souvenait de sa mère qui lui donnait la main. Et il se souvenait de sa promesse.

Et maintenant, les feuilles tombaient à nouveau. Les choses avaient changé. Il était grand. Sa mère ne lui donnait plus la main, il n'était plus un bébé. C'était du passé tout cela.

Son père lui parlait différemment désormais. Il demandait à Johnny ce qu'il voulait faire quand il serait grand.

Archéologue, disait Johnny. Ce serait cool, pensait-il, de déterrer des os et des trucs comme ça.

Ou peut-être éboueur, disait Johnny. Johnny trouvait ça cool, l'idée de se suspendre à l'arrière du camion-poubelle.

Ou peut-être poète. Car les poètes disent des trucs cool, comme : «La vie est un coup de dés.» Et ils trouvent des mots pour dire toutes ces sensations difficiles à exprimer.

C'est stupide, pensait Johnny, cette manie qu'ont les adultes de s'identifier à leur boulot. Leur façon de dire des choses comme : «Qu'est-ce que tu veux être quand tu seras grand?» Leur façon de dire des choses comme : «Je suis comptable.»

Of course, Johnny's mother forgot all about that day when they saw the big kid smoking. That was so long ago, and grown-ups did not remember too well.

But Johnny remembered. He was only six years old then. He remembered walking on the bright-colored fallen leaves. He remembered how his mother held his hand. And he remembered her promise.

Now the leaves were falling again. Things were different. He was big. His mother didn't hold his hand like he was a baby. Those days were over.

His father talked to him differently now. He asked Johnny what he wanted to be when he grew up.

An archaeologist, Johnny told him. It would be cool, Johnny thought, to dig up bones and stuff.

Or maybe a garbage-man, Johnny told him. Johnny thought it was cool the way the garbage-men rode hanging on to the outside of the garbage-trucks.

Or maybe a poet. They said cool things, like: "Life is a throw of the dice." And they found words to say all those feelings that were hard to say.

It was silly, Johnny thought, the way grown-ups thought of their jobs as what they themselves were. The way they said things like: "What do you want to be?" The way the said things like: "I am an accountant."

Mais lorsque les feuilles commencèrent à tomber, Johnny pensait déjà à autre chose. Son douzième anniversaire approchait et il comptait les jours.

Chaque matin il se regardait dans le miroir de la salle de bain et passait le doigt sur le dessus de sa lèvre supérieure et sur son menton. Il n'y avait encore rien à raser, mais il continuait de surveiller. Il continuait d'espérer.

La veille de son anniversaire, toutefois, il se planta devant le miroir, comme à son habitude, mais cette fois-ci il mima un nouveau geste.

Il porta ses doigts à ses lèvres, comme pour fumer. Il le fit et le refit, s'observant dans le miroir pour voir s'il avait l'air cool en fumant sa cigarette imaginaire.

Au bout d'un moment, il sourit.
Ça y est !

Quiconque le verrait fumer penserait qu'il fumait depuis des années. Personne ne devinerait jamais qu'il s'était entraîné en faisant semblant devant un miroir.

Johnny had other things on his mind as the leaves began to fall. His twelfth birthday was coming, and he was counting the days.

Every morning, Johnny looked into the bathroom mirror and felt with his fingers above his lip and near his chin. There was nothing there yet to shave, but he kept looking and he kept hoping.

On the morning before his birthday, he went to the mirror as usual, but he did something different.

He brought his fingers to his lips as if he were smoking a cigarette. He did it again and again, watching himself in the mirror to see if he looked cool as he was smoking his make-believe cigarette.

After a while, he smiled.
Yes!

Anybody who saw him smoking would think he had been smoking for years. Nobody would ever think he had practiced by making believe in front of the mirror.

«Qui c'est qui va avoir douze ans demain?» s'exclama sa mère après l'école ce jour-là.

Johnny savait qu'elle allait lui préparer un gâteau à la crème de banane avec un glaçage à la vanille. Son gâteau préféré.

En fait, elle ne préparait pas vraiment le gâteau. Elle l'achetait à la pâtisserie. Il s'en était rendu compte vers la même période où il avait compris qui était vraiment le Père Noël. Mais il s'en fichait. Tant que c'était le même gâteau à la crème de banane avec un glaçage à la vanille, elle pouvait bien dire «préparé» au lieu d'«acheté».

"Somebody's going to be twelve tomorrow," his mother said to him after school that day.

Johnny knew that she would make him a banana-cream cake with vanilla frosting. That was his favorite.

Actually, she didn't really make the cake. She bought it from the bakery. Johnny had gotten wise to this at about the same time that he had gotten wise to Santa Claus. But he didn't care. Let her say "made" instead of "bought," as long as it was the same banana-cream cake with vanilla frosting.

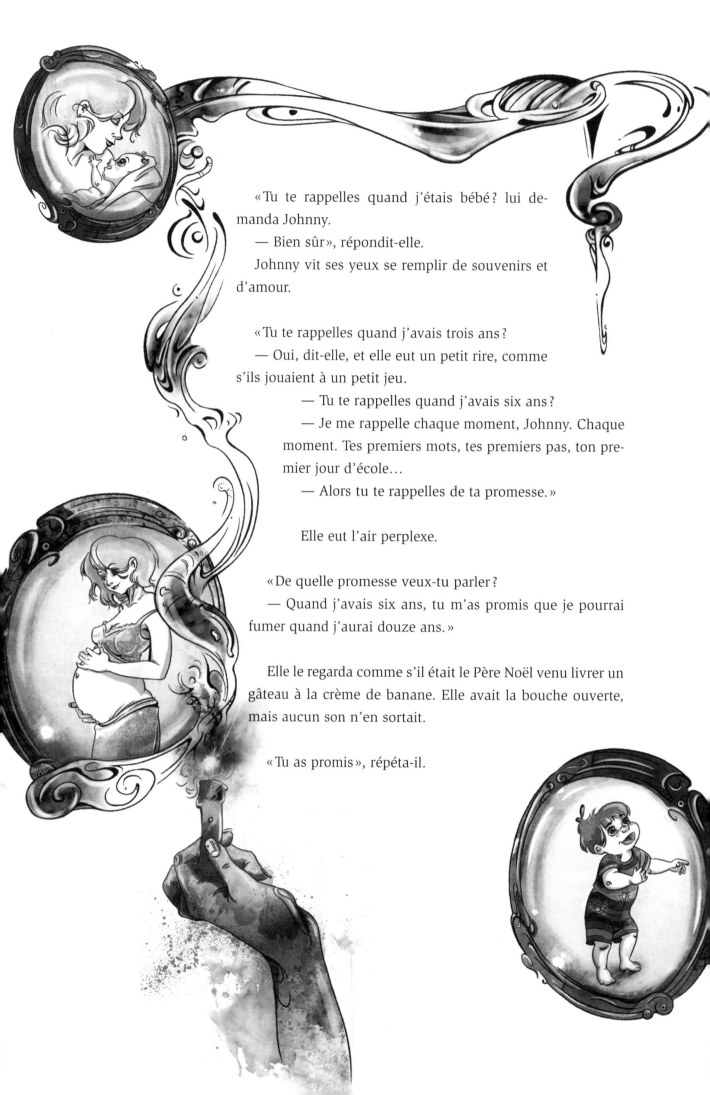

«Tu te rappelles quand j'étais bébé? lui demanda Johnny.

— Bien sûr», répondit-elle.

Johnny vit ses yeux se remplir de souvenirs et d'amour.

«Tu te rappelles quand j'avais trois ans?

— Oui, dit-elle, et elle eut un petit rire, comme s'ils jouaient à un petit jeu.

— Tu te rappelles quand j'avais six ans?

— Je me rappelle chaque moment, Johnny. Chaque moment. Tes premiers mots, tes premiers pas, ton premier jour d'école…

— Alors tu te rappelles de ta promesse.»

Elle eut l'air perplexe.

«De quelle promesse veux-tu parler?

— Quand j'avais six ans, tu m'as promis que je pourrai fumer quand j'aurai douze ans.»

Elle le regarda comme s'il était le Père Noël venu livrer un gâteau à la crème de banane. Elle avait la bouche ouverte, mais aucun son n'en sortait.

«Tu as promis», répéta-il.

"Do you remember when I was just a baby?" Johnny asked her.

"Of course I do," she said.

Johnny saw that her eyes were full of memories and love.

"Do you remember when I was three?"

"Yes," she said, and she laughed a little, as if they were playing a little game.

"Do you remember when I was six?"

"I remember every moment, Johnny. Every moment. From your first words to your first steps to your first day of school to—"

"Then you remember your promise."

She looked puzzled.

"What promise is that?" she asked.

"When I was six, you told me that I could smoke when I was twelve."

She looked at him as if he were Santa Claus delivering a banana-cream cake. Her mouth was open, but no words or sounds came out.

"You promised," he said.

Il n'y avait pas grand-chose à dire. Elle le savait, et c'est pourquoi elle avait la bouche ouverte mais qu'aucun son n'en sortait. Elle voulait dire quelque chose mais ne pouvait pas.

Ne mens jamais. Dis toujours la vérité. Tiens toujours tes promesses. Ne reviens jamais sur ta parole. C'est elle qui lui avait enseigné tous ces principes. Elle les lui avait répétés encore et encore, inlassablement.

Et Johnny n'avait jamais menti. Il avait toujours dit la vérité. Il avait toujours tenu ses promesses. Il n'était jamais revenu sur sa parole.

Alors comment pouvait-elle maintenant manquer à sa promesse ? Comment pouvait-elle revenir sur sa parole ? Comment pouvait-elle lui dire qu'elle avait menti ?

Elle ne le pouvait pas, et Johnny le savait.

Il l'embrassa sur la joue et la laissa plantée là. Elle avait fermé la bouche, mais elle avait un drôle de regard.

There was really nothing she could say. She knew that, and this was why her mouth was open but no words or sounds came out. She wanted to say something but she could not.

Never tell a lie. Always tell the truth. Never break a promise. Never go back on your word. She had always told him these things. She had told him these things again and again, over and over.

And Johnny had never lied. He had always told the truth. He had never broken a promise. He had never gone back on his word.

So how could she now break her promise? How could she break her word? How could she tell him that she had told him a lie?

She couldn't, and Johnny knew it.

He gave her a kiss on the cheek and left her standing there. Her mouth wasn't open anymore, but her eyes looked funny.

Ce soir-là, une fois couché, Johnny entendit une fois de plus les murmures de sa mère et de son père dans la cuisine.

Il sourit et se dit tout bas : « Ça promet, ce coup-là. »

Comme d'habitude, Johnny entendit les pas de son père qui se rapprochaient. Et, comme d'habitude, Johnny ferma les yeux et fit semblant de dormir.

« Il dort », dit son père, comme d'habitude.

Puis, comme d'habitude, Johnny distingua encore mieux leurs voix.

« Pourquoi diable es-tu allée lui dire qu'il pourrait fumer ? disait son père.

— C'était il y a six ans, rétorquait sa mère. J'étais persuadée qu'il allait oublier tout ça et qu'on en parlerait plus. »

Elle avait l'air sacrément contrariée. Johnny espérait qu'elle n'allait pas oublier le gâteau à la crème de banane avec le glaçage à la vanille pour autant.

« Eh bien, tu sais quoi ? dit son père. Il n'a pas oublié. »

Puis la mère de Johnny invoqua le nom du Seigneur en vain. Mais cela ne ressemblait pas à un juron. C'était comme si elle était à l'église : à l'église des mères contrariées qui ont oublié leurs promesses.

« Que doit-on faire ? demanda-t-elle.

— On ne peut rien faire du tout, dit son père. Ce serait comme lui dire que c'est normal de mentir et de ne pas tenir ses promesses. Espérons qu'il te faisait marcher et qu'il ne veut pas réellement le faire.

— Si seulement Grand-père ne fumait pas, dit-elle.

— Ce n'est pas lui qui a dit à Johnny qu'il pourrait fumer. C'est toi qui lui as dit qu'il pourrait fumer.

— Mais Grand-père fume, répondit-elle.

That night, when he was in bed, Johnny once again heard the hushed voices of his mother and father talking in the kitchen.

He smiled and whispered to himself: "This is going to be a good one."

As usual, Johnny could hear his father's footsteps coming. And, as usual, Johnny closed his eyes and made believe that he was sleeping.

"He's asleep," his father said, as usual.

Then, as usual, Johnny could hear them even better.

"Why did you ever tell him that he could smoke?" his father was saying.

"It was six years ago," his mother said. "I was sure that he would forget all about it, and that would be the end of it."

She sounded very upset. Johnny hoped that she was not so upset that she would forget about the banana-cream cake with vanilla frosting.

"Well," his father said, "guess what? He didn't forget."

Then Johnny's mother took the Lord's name in vain. But it didn't sound like a curse. It sounded like she was in church: a church for upset mothers who forgot their promises.

"What should we do?" she asked.

"We can't do anything," his father said. "It would be like telling him it's all right to lie and break promises. All we can do is hope that he was only playing around, and that he doesn't really want to smoke."

"If only Grandpa didn't smoke," she said.

"He's not the one who told Johnny he could smoke. You're the one who told him he could smoke."

"But Grandpa smokes," she said.

— Certes, mais il ne fait pas de promesses en l'air.

— Mais il donne le mauvais exemple.» On aurait dit qu'elle-même ne croyait pas vraiment à ce qu'elle disait.

«Eh bien, si tu es un si bon exemple que ça, tu ne devrais pas mentir et faire des promesses en l'air.

— Six ans, dit-elle. Jamais je ne me serais doutée qu'il s'en souviendrait.»

En écoutant, Johnny sut qu'elle était revenue à son point de départ et qu'elle était prise au piège.

Puis ils se turent. Johnny les imaginait très bien secouant la tête, son père dans un sens, sa mère de l'autre. Il sourit à nouveau et eut même un petit rire, parce qu'il imaginait une affiche de film :

"And he doesn't make promises that he doesn't keep."

"But he's a bad example," she said. She sounded as if even she herself did not believe what she was saying.

"Well, if you're such a good example, you shouldn't be telling lies and making promises that aren't real."

"Six years," she said. "I never imagined he would remember."

As Johnny listened, he knew that she was back where she started and she had no way out.

Then they stopped talking. Johnny could picture them shaking their heads, each of them in a different way. He smiled again, and he even laughed a little, because he was imagining a movie poster:

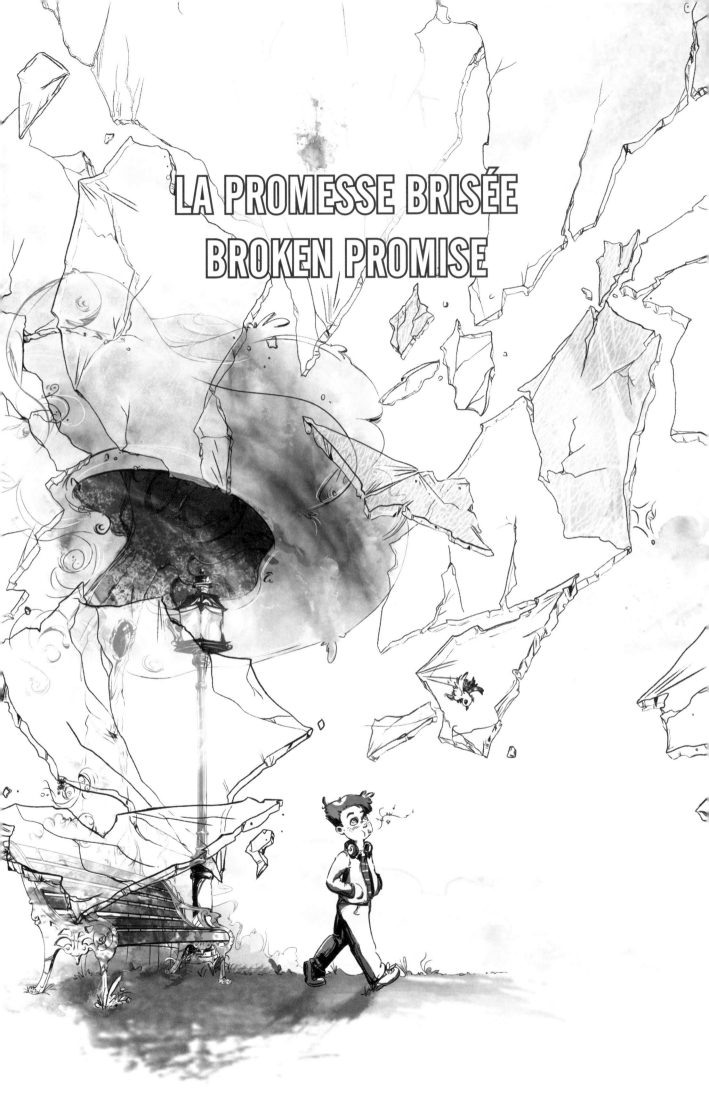

LA PROMESSE BRISÉE
BROKEN PROMISE

Mais bien vite Johnny cessa de sourire. Il pensa au paquet de cigarettes et aux allumettes qu'il avait subtilisés ce jour-là dans la chambre de Grand-père.

Grand-père avait six ou sept paquets de cigarettes dans sa chambre et il ne remarquerait pas qu'il en manquait un. Mais Johnny, lui, savait.

Et il eut honte. Il n'avait jamais rien volé jusqu'à présent. Voler Grand-père, en plus, c'était particulièrement grave, car Grand-père, c'était son copain. Il se promit de remplacer, un jour, le paquet manquant. Donc ce n'était pas vraiment du vol, se dit Johnny. Mais il avait encore un peu honte.

Johnny stopped smiling. He thought of the pack of cigarettes and the matches that he had taken from Grandpa's room that day.

Grandpa had six or seven packs of cigarettes in his room, and he would not know that one of them was missing. But Johnny knew.

He felt bad about taking the pack of cigarettes. He had never stolen anything before. To steal from Grandpa was especially bad, because they were buddies. He told himself that he would someday replace the missing pack with another pack. So it wasn't really stealing, Johnny told himself. But he still felt a little bad about it.

Il ne savait pas, Johnny, que tout le monde vole un jour ou l'autre. Que ce soit pour un bonbon ou cent millions de dollars. D'une manière ou d'une autre, nous avons tous été, au moins une fois dans notre vie, des voleurs. Si nos parents étaient vraiment honnêtes, ils nous raconteraient ce qu'ils ont volé. Et nous, nous aurions moins peur de leur avouer ce que nous avons volé. Car l'honnêteté simplifie tout.

Mais en général, tout se complique. Ceux qui n'ont pas de raison d'avoir honte, eh bien, ils ont honte, et ceux qui ont toutes les raisons d'avoir honte, eh bien, ils n'ont pas honte du tout. Oui : les choses se compliquent au-delà même de ce que Johnny pouvait imaginer.

Cette nuit-là, le petit oiseau bleu vint visiter les rêves de Johnny. Lorsqu'il se réveilla au matin, il souriait à nouveau.

Ça y est !

Il avait douze ans !

Johnny did not know that everybody steals something. Maybe a piece of candy, or maybe a hundred million dollars. But one way or another, we are all thieves, at least once in our lives. If our mothers and fathers were really honest, they would tell us what they stole, if we asked them. And if they did tell us, then we would feel better about telling them what we stole. Because when we are honest, everything is easy.

But usually it gets all messed-up. Those of us who should not feel bad, well, they do feel bad, while those of us who should feel bad, well, they don't feel bad at all. Yes: things get messed-up, even more messed-up than Johnny could imagine.

The little blue bird came to Johnny in his dreams that night. When he woke in the morning, he was smiling again.

Yes!

He was twelve!

C'est toujours super de se réveiller le matin de son anniversaire. Les matins d'anniversaire ne sont pas des matins ordinaires. Ce sont des matins joyeux.

Johnny ne parla pas de la promesse de sa mère. Elle n'en parla pas non plus. C'était un matin d'anniversaire aussi joyeux que les autres matins d'anniversaire.

Il savait que ce soir-là il y aurait des cadeaux et douze bougies sur le gâteau à la crème de banane avec un glaçage à la vanille. Il ne savait pas encore quel vœu il ferait en soufflant les bougies, mais il allait trouver une bonne idée. En partant pour l'école, il eut le sentiment que ses vœux se réaliseraient toujours.

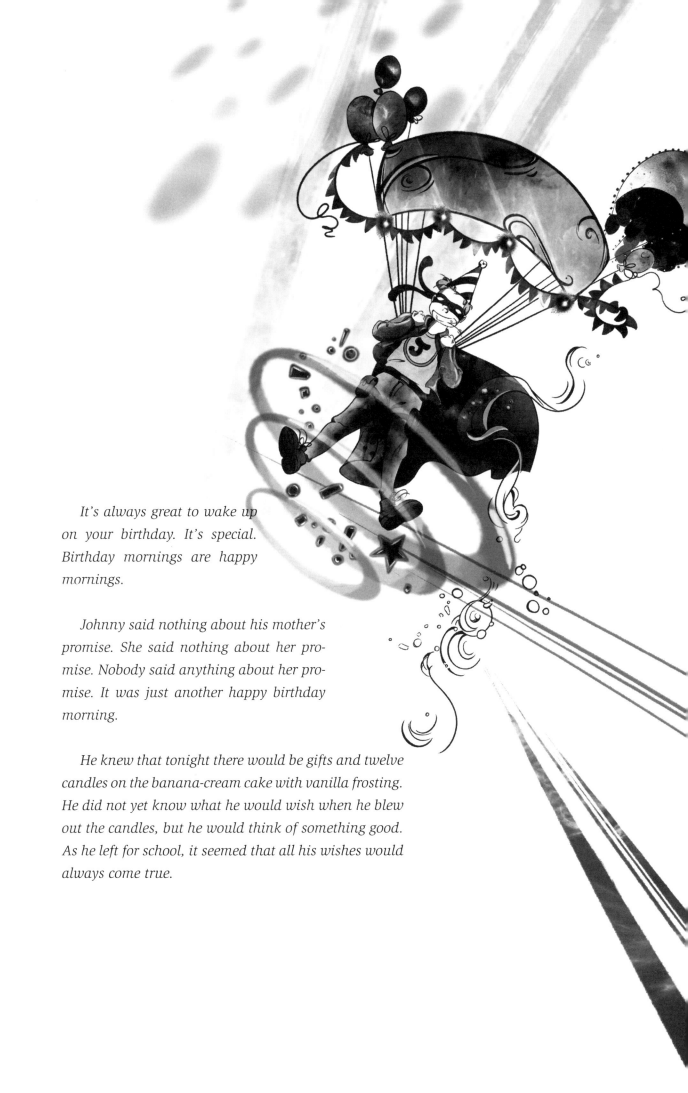

It's always great to wake up on your birthday. It's special. Birthday mornings are happy mornings.

Johnny said nothing about his mother's promise. She said nothing about her promise. Nobody said anything about her promise. It was just another happy birthday morning.

He knew that tonight there would be gifts and twelve candles on the banana-cream cake with vanilla frosting. He did not yet know what he would wish when he blew out the candles, but he would think of something good. As he left for school, it seemed that all his wishes would always come true.

Sur le chemin de l'école, une fille de sa classe l'appela du trottoir d'en face. C'était Marlène. Il attendit qu'elle traverse la rue et ils firent le chemin ensemble.

Johnny l'aimait bien, Marlène. Elle avait de longs cheveux blonds. Parfois ses yeux étaient bleus et parfois ils étaient verts. Elle avait déjà douze ans.

Depuis quelques jours déjà, Johnny se demandait où et quand il fumerait sa première cigarette le moment venu. Mais, tandis qu'il marchait avec Marlène, la cigarette lui sortit complètement de la tête.

Tandis qu'ils attendaient pour traverser, ce n'était plus simplement de la joie qu'éprouvait Johnny : c'était cette fameuse sensation, celle que l'on ressent sur les montagnes russes, celle qui vous coupe le souffle et qui vous flanque une frousse du tonnerre, celle qui vous fait vous sentir vraiment libre et vraiment bien tout à la fois.

Près de Marlène, toutes ces sensations se mêlaient en lui. Et, sans même réaliser ce qu'il faisait, il sortit une des cigarettes de la poche de sa veste, la plaça entre ses lèvres, et l'alluma.

On his way to school, one of the girls from his class called to him from across the street. It was Marlene. He waited for her to cross the street, and then they walked together.

Johnny liked Marlene. She had long blonde hair. Sometimes her eyes were blue and sometimes they were green. She was already twelve.

For some days now, Johnny had been wondering where and when he would smoke his first cigarette when his birthday came. Now, as he walked with Marlene, he forgot all about the cigarette.

At the corner, they waited to cross the street. By now, Johnny was not only happy. He was feeling that feeling, the one you got on those amusement-park rides that took away your breath and made you feel so scared and so free and so really good all at once.

He stood with Marlene, feeling all that. And, without even really knowing that he was doing it, he took one of the cigarettes from his jacket pocket, and he put it between his lips, and he lit it.

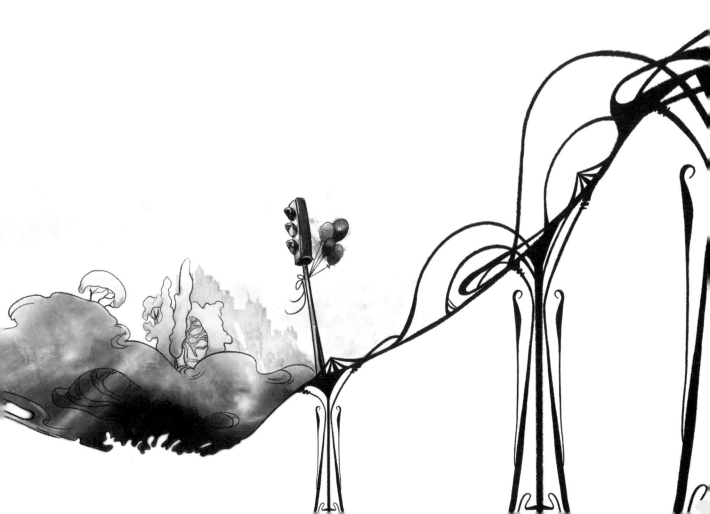

Puis, alors qu'ils s'élançaient sur la chaussée, Johnny sut parfaitement ce qu'il venait de faire.

Il fumait.

«Mais tu fumes!» s'exclama Marlène.

Johnny la regarda comme pour dire: Je fume depuis longtemps. Presque depuis toujours. Il t'a fallu tout ce temps pour t'en apercevoir?

Son expression de surprise ne disparut pas.

Jusqu'à cet instant, Johnny n'avait tiré que timidement sur la cigarette, pour l'allumer et la garder allumée. À présent, il prit une longue bouffée.

Bon sang! C'était atroce!

Mais il ne montra rien, il ne dit rien. Il continua simplement à marcher, comme si c'était un matin comme tous les autres.

Marlène le regardait maintenant avec un drôle de sourire.

La fumée rendait la sensation des montagnes russes encore plus intense.

Il prit une autre bouffée.

Bon sang! Quel pied!

Johnny sut que quelque chose était en train de se passer. Quelque chose était en train de se passer à l'intérieur de lui et tout autour de lui.

Il ne savait pas vraiment ce que c'était. Mais il savait que c'était cool.

Johnny prit une autre bouffée. Oui, se dit-il: quand on est cool, le monde peut être un endroit plutôt cool.

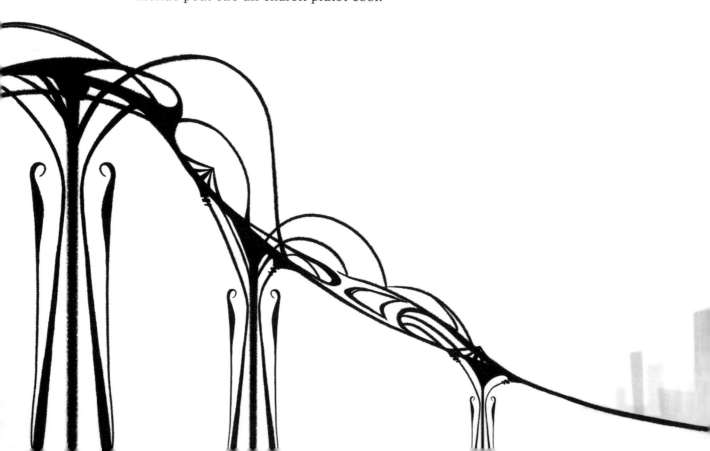

Then, as they stepped from the corner, Johnny knew very well what he had done.

He was smoking.

"You're smoking!" exclaimed Marlene.

Johnny looked at her as if to say: I've been smoking for a long time. Almost forever. Has it taken you this long to notice?

Marlene's look of surprise remained.

Until this moment, Johnny had only puffed timidly at the cigarette, to light it and keep it lit. Now he took a deep drag.

God! It was awful!

But he showed nothing and said nothing. He just kept walking, as if this morning were like any other.

Marlene was looking at him now with a strange smile on her face.

The smoke seemed to make the wild-ride feeling even more wild.

He took another drag.

God! It was great!

Johnny knew that something was happening. Something was happening inside him and all around him.

He didn't really know what it was. But he knew that it was cool.

Johnny took another drag. Yes, he told himself: when you're cool, the world can be a pretty cool place.

C'est l'histoire de la première cigarette de Johnny. Johnny était cool, enfin, et il n'allait pas tarder à devenir encore plus cool.

Ce soir-là, en soufflant les bougies de son gâteau d'anniversaire, il fit un vœu secret.

Bien vite, il se mit à penser à une nouvelle étape. Et il y pensa de plus en plus fort chaque jour. Oui, se disait-il, si seulement…

Mais c'est une autre histoire.

That is the story of Johnny's first cigarette. Johnny was cool, all right. And he was to become even cooler.

He made a secret wish that night as he blew out the candles on his birthday cake.

Soon he began to wonder about something new. Every day, he wondered about it more and more. Yes, he told himself, if only—

But that's another story.

Achevé d'imprimer
par Pulsio.net en octobre 2014
pour le compte
des éditions vagabonde
6, rue des Pavillons — 81600 Sénouillac

Dépôt légal : novembre 2014
ISBN : 978-2-919067-13-8

Imprimé en UE